句集
愛を形に

山田夏子

文學の森

序

大橋一弘

　山田夏子さんが句集を編まれるという。発刊に当たって序文を頼まれた。句集の序文というものが一般にどういうものなのか私には今ひとつわからぬし、私がそれに足る人間であるかも定かではない。しかし、少なからぬ縁のある夏子さんのこと、思うところを記させて戴くことにする。

　夏子さんは、私の小学校の同級生の母上である。その同級生は幼くして音楽の才あって、小学校高学年の折、休み時間となると、彼は教室の足踏みオルガンをまさに自由自在に弾きこなし、私はその才を眩しく思っていた。人それぞれ、技芸とどう付き合って生きて行くのかは大きな問題であるが、彼に奔放な発想力があったことは間違いない。その御母堂である夏子さんが、家族として同居していた敦子伯母が主宰でありし頃の「雨月」の一員で、母麻沙子とも親しくしていると聞き及んだ際は、意外な縁との思いとともに、彼の御母堂ならばさもありなん、との思いもあった。その夏子さんが、自身の技芸を磨かれて、この度の句集上梓となったわけで御同慶の至りである。

近年、父継ぎし後の「雨月」に関わるようになり、あれこれお世話になるようになった夏子さんであるが、私が申すのも失礼かも知れぬが、いつもその博学と論理的思考、そして彼女にとっての師、敦子や麻沙子の言葉や、斯界の諸家の作を引いて語られる博覧強記、一方でおかしみを解し、からからと自身の姿や俗世を笑い飛ばす俳味に関心も持ってきた。錬りに錬ってもおられつつ、どこかおかしい夏子さんの句。日頃より毎月の「雨月」誌の編集であれこれとお話しをさせて戴き、助けても戴き、また句会の席で毎月の御投句にも接してきた夏子さんが、これまでどんな句をものしてきたのか、関心を持って読ませて戴いた。

嫁ぐ朝白木蓮の明け初めぬ　昭和五十五年
コスモスや海員学校寮の昼　昭和五十六年
二歳半虹立つ方へ行きにけり　昭和五十八年

初期の句には、こうした衒いなく、かつ季の情を孕んだ句が並ぶ。秋日さす海員学校の昼の静けさ、だろうか、そうした景が湧きたち、詠み手もひとりその景を見る。夏子さんの地の一面は、このように素朴に景を浮きたてる表現力にあるのだろう。そして、その背後に、近代的自我、とでも言うべきか、個に目覚めた人間の視線をこの頃より宿しているようにも思われるのである。

一方、人々の素朴な生活に心寄せる姿も垣間見える。

平凡を愛し蒲公英愛しをり　昭和五十九年
農継ぐとぽつりともらす紫雲英みち　昭和五十九年
大見得の決らぬことも村芝居　平成六年
月冷まじ溶岩に埋もれし一村に　平成八年
浦じまひとふ言の葉や雛流す　平成二十年

卯の花や軒に掛けたる野良時計　平成三十年
百の灯に百の営み秋灯　令和元年
ただ炭を焼く何代目かは知らず　令和三年

　平凡を愛し、の句は、その姿勢が直接的に表現されてもいるが、農継ぐとぽつりともらす、の措辞には、人それぞれ生まれ育った環境や、その家に背負わされたもの、端的に言えば「業」ということになるのだろうが、一人ひとり己の負った業を生きねばならぬ、という諦念が見える。その諦念は、それぞれの有り様を許容する優しさとも言えよう。
　その諦念を踏まえれば、日々の憂さも、寿ぎも、せせこましいことに拘ってきたものだ、というおかしみともなる。

冷奴切り出しかねてゐる話　昭和六十二年
漱石忌猫に洩らさむはかりごと　平成三年
雪支度してきし程の雪ならず　平成八年
マスクかなぐり捨てて論陣張りにける　平成十四年
メビウスの帯めく夫婦年歩む　平成十六年

春めくや笑ひ上戸が座に一人　平成十七年
山笑ふ独身主義を撤回し　平成二十年
家中の蛸足配線十二月　平成二十一年
何時なと詮索無用時計草　平成二十五年
鮎の骨抜いてやんはり聞き流す　令和四年
文化の日以下同文と賞さるる　令和四年

日々の憂さを詠うブルースでもあり、さらに、一人ひとり己の内界という孤独を生きる現代人の寂しさという普遍の境地に立ちつつ、それをくすっと微笑んで笑い流すのだ。かつて、夏子さんにとって俳句とはなんですか、そう核心を突くようなことをお訊きしてみると、「生きていくそのもの」と仰り、さらに「家族の前では俳句は作らない。個人のこと」と仰った。それは、私自身の俳句や写真との関わりにも重なると共感した。そこで、こうした句が紡がれるのだ。

そして、

蕁菜ややややに話の逸れ易く　平成十四年

この句に至っては、まず飛び込んでくる「ややや」。無論、詠嘆の「や」と、副詞の「やや」が並んでいるに過ぎぬのだが、一瞥するとまずこの文字列が飛び込んでこざるを得ない。ややや、その響きは蓴菜を上手くつまみきれぬもどかしさであり、きちんと言いたいことを言いたいにも関わらず、あれこれ気を遣っては話が逸れたり、相手が頓珍漢なところに拘って逸れてしまったり、そうしたもどかしさでもある。勿論、読み直して誤解であったと気付くのだが、それでもなお響き続ける「ややや」の響き。これを夏子さんは狙ったのではなかろうか。そこに、詠まれるものにして書かれるものでもある俳句という表現への探求の姿も見てとれる。いや、しかし、おかしい。

また、市井の人の感情に添いながら、世の在り方に対して素朴に向けられる疑問。それは、現代を生きる人間が感じている不条理な思いであり、それもまた日々の暮らしの中に宿る感情でもあり、また、それも人の為すこと、人間という存在のどうしようもない姿でもある。

新聞休刊世界動かず原爆忌　昭和五十九年

日常の静かに壊れゆく銀河　令和三年

それにしても、日常の静かに壊れゆく、とはどうしたことだろう。時期からして、所謂コロナ禍に一変した日常を詠まれているのだろうが、この句にはそこに留まらぬ凄みを感じる。変わることなく空に横たわる銀河、その悠久を眺めながら、それに比べていったい、人間はどこへゆくのだろうか、との冴え冴えとした感慨が伝わる。そして、標題ともなっているこの一句。

バレンタインデー愛を形にして売れり　平成十六年

本句集の標題となっているこの「愛を形に」という言葉。この句に接するまで、私はこの語を「愛を形にしましょう」というような、いわば「前向き」な言葉かと誤解し、夏子さんが句集の題として選ばれたことに、何故、との思いを禁じ得なかったことを告白する。しかし、この言葉、一筋縄では行かぬのである。愛を形にして「売れり」なのである。人々は、うかうかとその戦略に乗り、店頭にはチョコレートが溢れることとなる。何が欲しい、という個人的な欲望をも支配しようとする資本主義経済社会。精神科医の中井久夫先生は、折に触れ私が講義でテキストにしている『治療文化論』という書物の中で記す。「資本主義ほど『悪性の』強制加入力を持つ人間的事象は他にほとんど類をみない」と。何もかもを市場主義に巻き込まずにはおれぬ現代社会の寒々しさを描きつつ、一方でその枠の中に生きる我々はそれを利用しつつも確かに愛を紡ぎもする。何とか愛を形にして、当の相手に伝えようともする。そこに、馬鹿でありながらどこか可愛い、人間の姿が描き出されている。なるほど、それは、夏子さんの芸術というものに対する姿勢でもあり、句集の題として相応しいのだろう。

　そして、個々の憂さを超えた、我として存在する悲しみ、そうした態度を孕みながら、鳩寿を迎えられた夏子さんのこと、本書後半には己の生を振り返るかの句も徐々に増えて行く。


来し方も初任の島も霞むかな　　平成十六年

　七十一歳の折の句ということになるのだろうか。讃岐は観音寺市のご出身で、教壇に立っておられたという職歴のエピソードだろうか。

　句集原稿を読ませて戴くに当たって、「雨月」との縁をお訊きしてみた。嫁いで来られた大阪千里には知り合いもなかったが、先にも記したように、ご子息と私とが小学校で同じクラスであったという縁から、PTAでの俳句教室などを経て、敦子伯母や「雨月」と縁を持たれたという。それまでは全く俳句には縁がなかったとのことだが「俳句にはまってしまって」と笑ってお話しになり、「雨月」の校正をするようになって、ウェブもない時代、『広辞苑』『大歳時記』『古語辞典』、様々なものを引いて学ぶうち「日本語なんてぼーっと使っていたのに、意識して使うようになってみると難しくて面白い」と感じるようになり、それが今も「雨月」誌の校正でも活きている、そう仰る姿は生き生きとしていた。

永き日の神馬の孤独見たりけり　　平成元年

宇宙遊泳ほど着ぶくれて星を見る　　平成十九年

静謐な内面描写と、日々のおかしみ、この切り返しこそ、夏子さんの持ち味であろう。

最後に、近頃の夏子さんの句で心に残っているものを一つ挙げておく。

うつし世のなりたきものに鯛焼屋　　令和五年

この句については、「雨月」の令和五年七月号に私の評を掲載させて戴いた。それを以下に再掲させて戴く。

芸術などというものにうつつを抜かさず、美味しいものを作って人に奉仕し、美味しいものの美味しさを味わいながら、うつし世を生きる。それこそが真に煩悩なき解脱の境地ではないかと思う。芸術という人の営みに魅了されて生きてきた私も、どこか芸術を価値の高きものと思いたいという、煩悩多き凡夫である。反面に、「うつし世の」というからには詠み手は、「うつし世」を生きていない。つまり、芸に身を捧げてきたという自負心が垣間見える。その自負心を、煩悩を俳諧の軽みに笑い飛ばしつつも、作者の矜持も垣間見える。

この度は、句集の上梓、誠におめでとうございます。これまでの「雨月」への多大なるご尽力に深謝するとともに、益々の芸道を邁進戴き、今後の愈々の御健吟をお祈り申し上げます。

句集　愛を形に――目次

装丁　三宅政吉

句集

愛を形に

雨月叢書第百輯

春が早めに

昭和五十五年〜六十三年

昭和五十五年

裘子に着せくれし異国馭者

嫁ぐ朝白木蓮の明け初めぬ

秋暮れて五百羅漢の在します

昭和五十六年

コスモスや海員学校寮の昼

時雨るるやぽんぽん船の胴の間に

車座の艀だまりに関東煮

昭和五十七年

春立つや蛇の目の並ぶ漆室

柿若葉ぐわんと庵治石真つ二つ

梅雨豪雨つき尻無の渡し舟

高槻やキリスト貌のきりぎりす

柿渋を搾る体重梃にかけ
ビルの窓神農の虎四肢を張る

昭和五十八年

をみなのワインパーティー春近し

水煙草熱砂の茶屋に目を瞑り

二歳半虹立つ方へ行きにけり

霍乱やがうがうと子が焼かれゐて

架橋進む櫃石島のいりこ漁

昭和五十九年

平凡を愛し蒲公英愛しをり

この部屋は春が早めにくるのです

農継ぐとぽつりともらす紫雲英みち

路地に入る白き手甲の夏花売

新聞休刊世界動かず原爆忌

昭和六十年

たんぽぽの絮息止めて折取りぬ

調律の倦まぬ八度や養花天

メーデーの列につきゆく氷菓売

匆体ぶりへイサラバサラお風入

曝さるる父の奉公袋かな

室咲を嫌ふ一途を通しけり

昭和六十一年

月桂樹慎ましく花支度して

今年竹子の青雲の志

美味にして禍禍しさの膳の海鞘

おぼつかなき手応へ葱を植うるかな

七夕や願なきとは潔き

五葉松の最も蓑虫らしき蓑

口切の茶事や青年入門し

昭和六十二年

只管打坐只管写生や初句会

式台の盆梅に声掛け申す
みかへりの弥陀の御目の春意かな

瑠璃蜥蜴愛で耽美主義貫けり

冷奴切り出しかねてゐる話

撓めたる枝の均衡柿を捥ぐ

露の世や嵯峨御所にある明智門

昭和六十三年

硬質の踏み応へあり落し角

南吹くだらだら坂を下りけり

傲然と総刺青の裸身かな

竹植うる日や翁恋ふ旅はじめ

意を決したるごと兜虫飛翔

出来秋の加賀に伝はる泣一揆

沈思黙考焼藷を食ぶさへ

海見えて

平成元年～十年

平成元年

永き日の神馬の孤独見たりけり

一触即発杉花粉飛ぶ構へ

田螺和またも昔の話かな

酒徒曰く蚊に食はるるは理と

木喰上人行ぜしあたり葛嵐

風の神に吹きまゐらする瓢の笛

散る柳その名遊行と呼ばれたる
内濠の易きに風の浮寝鳥

平成二年

鉄斎の墨色に暮れ冬の滝

多喜二忌や拷問といふ死のありし

曙杉忰へ切れざるごと芽吹く

藤かかり雲かかり奥丹後かな

蚕卵紙や二万の命摩訶と湧き

俳諧の庭や浦島草咲きて

海見えてゐるだけで良し芙美子の忌

横顔の子規に存問ホ句の秋

人形の歯の健康に胡桃割る

海鼠嚙みぬらりくらりの遁辞かな

平成三年

河豚提灯腹中まさに無一物

国栖奏の御贄日陰の蔓敷き

春日遅遅外八文字踏まれをり

魂抜かれ親しき黴の仁王さま

日輪を切取りて滝落つるかな

飼はれゐて阿らぬ鵜の面構

瓢箪を磨き浮世の外にをり

産月や吉祥草が花を上げ

朝風呂をたてて勤労感謝の日

昼を鎖し女闇汁はじめたり

漱石忌猫に洩らさむはかりごと

平成四年

兆殿司出自の里の野梅かな

降り足りし雨に水口祭るかな

乙訓のこれぞ筍流しなる

植田中吹田慈姑の十株ほど

野外能ト書にあらぬはたたがみ

ホップ畑青き立方体伸ばす

墓洗ふ母の寿冢の朱を避けて

温泉滾滾還り来ませり温泉の神

平成五年

清水の舞台の袖の初桜

ユーカリのみだれ髪めく晶子の忌

眦が痛し篠の子見てをりて

登頂の言の葉不要ケルン積む

香を噴いて開き初めたり女王花

たはぶれに坐すだに白洲冷まじき

大股に冬の近付きくる古刹

瑕瑾なき冬青空を畏れけり

平成六年

早鞆の瀬戸や神代の寒気凝り

水を神岩を神とし里うらら

蒟蒻の花や立禅てふがあり

霊山や百の朴咲き人寄せず

厨ごと漢が仕切る登山宿

きらびやかなるが哀しき絵燈籠

彼岸花鬩あぐるごと咲きいでし

大見得の決らぬことも村芝居

磯菊や幾年ぶりの船卸

息白しこの息尽くる時思ふ

平成七年

懸想文すらすら読めて若からず

猟犬にして猪怖れをる此奴

啓蟄や真田抜穴ここよりぞ

木の芽雨磨きぬかれし一馬身

草笛を自負牧の牛捌き自負

控へめにみても四尺蛇の衣

火刑場址とや大地灼けに灼け

書を好みし父へ王羲之書の盆供

根の国や白一色の月の餅

牡丹焚き忙中の忙忘じけり

平成八年

美濃人の気風にどんど爆ぜにけり

焜炉積み田舟が雪見舟となる
雪支度してきし程の雪ならず

大戸全開牛方宿の黴払ふ

駒鳥やウエストン碑に嘉門次に

よく笑ひ田植機を御し主御し

月冷まじ溶岩に埋もれし一村に

省略の極みの舞台里神楽

初ＦＡＸ地球半周して子より

平成九年

元禄の連句の碑にぞ牡丹の芽

露けしや毀つと決めし家磨き

上九一色村二百十日の狐雨

辷り落ちさうな片屋根柿屋建

柿干すや太陽大事風大事

顔ぶれが何より馳走年忘

平成十年

戒律にあくがれのやや聖母月

旅愁濃し蝦蛄の鎧に唇の荒れ

赤米の稔る仏教濫觴地
くくみらの胡麻和酒はにごりかな

シネマのやうな

平成十一年〜二十年

平成十一年

若水や吾の設計の新厨

電子メール開くことより事務始

鷹鳩と化す恍惚の瞼閉ぢ

箔打を見て箔入りの新茶かな

吾嬬者耶嬬恋の野の合歓の花
暗がりに弁当使ひ鵜舟待つ

我寝ねしより流星の続きしと

平成十二年

雪しづり母葬る日の髪結うて

一枚の空港島や鳥雲に

羯諦を梵字に習ふ夏の初め

拝領の更紗に黴の見ゆるかな

遊船や城を見せむのUターン

梅雨鳥人の嗤へる声に鳴く

平成十三年

春動き初む二月堂湯屋あたり

天牛や書肆の親爺の召されしと

万緑を率ゐて一之御柱

竿燈や出羽男の粘り腰

出羽の旅夜食のいぶりがつこかな

諸焼くや世辞使ふこと知らずして

寒牡丹五体投地のごと崩れ

平成十四年

マスクかなぐり捨てて論陣張りにける

春凍みや落人墓に一字なき

隠れ墓国盛杉が花つけて
死は易し渦潮に足踏み出さば

天日や泰山木の巨花が侍し

蓴菜ややややに話の逸れ易く

太陽光発電作動夏旺ん

うかうかと海へ出でたる穴惑

燧灘釣瓶落しが船焦し

平成十五年

春興や鬼の雪隠とふに腰

気を付けをしてつくしんぼ並びをり

大土間の竈火五つ麦の秋

梶の葉に書く墨を継ぎ墨を継ぎ

歌神の入選通知月今宵

切先を揃へ秋刀魚を焼きにけり

足袋跣袴着の児の駆出せる

冬暖か小津のシネマのやうな午下

平成十六年

歌留多とる嘉永の絵師の魂に触れ

バレンタインデー愛を形にして売れり

来し方も初任の島も霞むかな

饗庭野の水を心耳の座禅草

ほのぼのと物言ふ人や桜草

天清和こよなき青き星に生き

萱野三平早駆けの地の蟋蟀かな

星の飛ぶ高さに寝ぬる山の宿

玉の緒を大地にたたみ落花生

メビウスの帯めく夫婦年歩む

平成十七年

牡蠣打つて啜るも錦市場かな

春めくや笑ひ上戸が座に一人

あたたかやポニーの乗馬体験し

金婚や花菱草が盃掲げ

茂木枇杷の届く瓢亭勝手口

古武道や腰低く結ふ夏袴

玉盌に水なみなみと広島忌

先陣を切つて千早の紅葉かな

呦呦と春日奥山鹿の妻

胸に火の点りお火焚果てにけり

赤光を放ち温室苺かな

平成十八年

寒椿相続放棄願ひ出で

達陀帽いただくに坐しうららけし

大手門登城の松の緑かな

王朝の恋にぞ定家葛咲く

二寸余の嘴傷撫でて鵜匠たり

おづおづと罷る古格の夏館

己が手に抑へむ震へ半夏の訃
望の潮蹴立て飛行機発進す

殉職の後の特進身にぞ入む
うたかたの綾羽呉服も時雨れけり

ひやかしと見抜かれてゐる年の市

平成十九年

御僧の愛一身に冬牡丹

献身の御生涯や寒あやめ

紫豌豆千夜一夜の物語

月読へ住吉踊仕る

梅雨荒るる列島樺美智子の忌

蔵の飛ぶ絵巻拝見天高し

宇宙遊泳ほど着ぶくれて星を見る

平成二十年

神楽鈴に晴晴受くる戎笹

浦じまひとふ言の葉や雛流す

山笑ふ独身主義を撤回し
末の子のやうやく娶り得し卯月

神武よりの生国魂造榊咲く

蒟蒻の一糸まとはず咲きいづる

立ちぶりも破れつぷりも破れ傘

爽やかやぴしと仕上る観世縒

子は娶り我等二人の白露かな

胸のすくちんちろりんの一声に

記紀の世の千草八千草当芸野かな

シースルーエレベーターや小六月

雪はげし無声映画のごとき街

知らぬ世へ

平成二十一年〜三十年

平成二十一年

雪椿万物墨絵めく中に

島原の大門潜る桜どき

門前の遮那王餅や木の芽東風

酒の味解さぬ一世草の餅

喜寿の夫へ汲む養老の滝の水

吾あての軍事郵便曝すかな

風死すや太陽の蝕八割に

袴の市長の点火薪能

神籬に紅張りゐたり秋珊瑚

水門や冬日黄金分割に

家中の蛸足配線十二月

平成二十二年

鏡絵馬奉納春のたちにけり

閼伽井屋の丑三つ時や春北風

田鼠鶉と化す宝暦の標石

叱られてみたかりし師父桜まじ

青胡桃一歩も退かぬ構へかな

爽涼を言ひて国勢調査員

芋虫の食ぶ一心不乱かな

船番所跡や色なき風かよひ

平成二十三年

相撲双六あれよあれよの出世ぶり

仲見世の殷賑偲び切山椒
ようず吹く鵺出でしてふあたりかな

あたたかや産に応援五人ゐて

墓誌戻り玄鳥来たる葛井寺

剣先に来るや鰺刺急降下

浦祭手持無沙汰の猿田彦

太刀魚を糶る殿は鯛を糶る

黄落やなにはのビルの旧字体

風呂吹や皆既月食待つなべに

平成二十四年

七種の水にぎやかに使ひけり

焼梅干食べ遅春の眉根かな

切れ味といふ味桜鯛刺身

船宿に並ぶ古地図や鳥曇

舌鋒が鈍るや俵茱萸食べ

宝前の茶席高砂木槿生け

几帳面な正の刻印小夜砧

嵯峨菊や南朝の御代偲びつつ

臘月の一番客として我等

平成二十五年

癸巳昭和米寿の年迎ふ

鳩寿の師幾久しくと卯杖祝ぐ

仮の世の仮のはなやぎ風花す

花の能咫尺にシテの息遣ひ

棕櫚の花ぶつきらぼうで実直で
何時なと詮索無用時計草

直線を纏うて風の袴能

五位受けし稚児涼やかに騎乗せる

誰待つとなく門口へ処暑夕べ

雪吊のまだ雪知らぬ縄目かな

丹田の河豚雑炊の温みかな

平成二十六年

楪や末の子の家建ててゐて

知らぬ世へ寝落ち行くなり春の雪

糸繰草坐繰の祖母の若かりし

山城や筍煮ゆる外竈

手熨斗して梶の葉に書く無の一字

稲刈つて全円の空ありにけり

首実検ありし野阜芒枯れ

平成二十七年

朗朗と教育勅語初句会

掛声の信用ならず福笑

丸ビルの四角なりしよ万愚節

太陰暦今も貴び種浸す

春愁を乗せて淡島行き車輛
山滴る錨のマークふところに

思惟千年半跏千年梅雨深し

河陽宮故址や上臈杜鵑草

道三の地の栃の実の面構

大声のどの子も主役聖夜劇

平成二十八年

印結ぶごとくに咲きて仏の座

古町の洗張りてふ夏暖簾

一切の物音を断ち冷房館

無患子の青実桃青生誕地

鷹匠の諏訪流矜持鷹矜持

堂々の枯の最高学府かな

片時雨もとほる翁終焉地

荒行を終へたる心地朴落葉

平成二十九年

白描の道行絵巻雪催

炭焼けてゐる厳封の竈の内

ダイヤモンド婚やなにはの花万朶

まやかしの色も軽さも小判草

江戸風鈴内彩色の技術かな

平成三十年

広辞苑を平積に売る松の内

すめらぎの剣璽の如き寒の月

叩かれて叩かれてなほ芝火燃ゆ

春禽の寄り来身じろぎせぬ限り

目の下といふ寸法や桜鯛

卯の花や軒に掛けたる野良時計

厠一字涼し住吉武道館

強気押し通す藜の杖恃み

地震に耐へ台風に耐へ御本堂

冀ふ平和オリーブ鈴生りに
葱甘くなる金星は光増し

水の大神

平成三十一年～令和五年

平成三十一年

楪や新しき青古き青

享年といふ齢あり冴返る

眉目のなき故の表情豆雛

上つ世の官道紫華鬘咲き

風光り彫像光り御堂筋

令和元年

滝落つる水に覚悟のやうなもの

明らかに上昇気流滝の上

西瓜甘しうかと乗りたる口車

螺旋階段秋へ秋へと登るかな

百の灯に百の営み秋灯

創刊の謂れを聞くも小六月
耳寄りな話山茶花垣越えて

ベツレヘムの星にぞクリスマスローズ

令和二年

寒土用仔牛生まるる湯気立てて

せめてもの指体操や掘炬燵
電話取る風邪声隠すべうもなく

咳込みて百の視線に刺されをり

初春や日常といふ宝物

浅春やピアノの黒き片翼

春寒や忘れてならぬこと忘れ

わが街の路地に迷へり四月馬鹿

健診のための節制山笑ふ

ひらがなの写経を共にこどもの日

星を見る短夜の目を腫らしつつ

梅雨荒るるパンドラの箱開けしかに
夏至の太陽蝕まれつつ沈みをり

輪郭の紺の伊達ぶり時計草

アクリル板隔つ面会梅雨深し

銀漢の子とし火の星水の星

無季の句碑過ぎて色無き風となる

息凝らし胞子いただく思草

三角錐三つ風船葛かな

訃報もて知る消息や暮の秋

むむと口閉ぢ蓑虫をつつきけり

白菊や手を握るさへ叶はずに

切干を煮るや昔が煮えてゐて

令和三年

春月を上げて梅塚古墳かな

欅掛け書の実演や梅の宮

たとふればほほゑみの色桜餅

青鷺の孵りねず鳴き四羽かな

暑き日の風紋砂紋川砂丘

檜扇の花や系図に女子とのみ

三伏や十六穀の飯炊いて

小面の内よりの声月の能

日常の静かに壊れゆく銀河

生身魂淋しがり屋の意地つ張り

ここに海はじまるの碑や天高し

身に入むや糸の切れざる糸切歯

後の月追悼句集編みゐたり

霜降や手探りに抜く魚の腸

ただ炭を焼く何代目かは知らず

大根煮て子に逆らはず従はず

味噌搗や福分の香の家中に

令和四年

緘黙のお百度を踏み春を待つ

死ぬひまも無うてと卒寿芝を焼く

雛のころ俳諧の母天上に

水の星の水の大神苗木植う

手に受けて心許なき紙風船

鐘塔の刎高欄や風光る

春陰の獄に似たり懺悔室

記憶力逃げ易きかな罌粟坊主

鮎の骨抜いてやんはり聞き流す

風は詩の声のふるさと釣忍

海賊の本拠の島の女郎蜘蛛

噴水や小僧は水を折り曲げて

法螺貝の息の気魄に滝開く

縁側の広きはなれや夕端居

初秋刀魚骨美しく残りけり

文化の日以下同文と賞さるる

マスク対マスク注射は直角に

令和五年

寒月や反骨を死で締括り

うつし世のなりたきものに鯛焼屋

真つ新の家真つ新の春灯

清明や篠笛が水冴して

いつか世を去らむ残花の殊の外

あたら夜や絵金に春を惜しみゐて

子の声が何より供物墓詣

あとがき

小学校のＰＴＡで我が町の芸術家「雨月」主宰大橋敦子先生の講演があり、友禅の下絵を描く時に使う青花摘みを見に行った時のことを話されました。俗世の外の夢のようなお話に感銘を受け、すぐに「雨月」に入門しました。季語も旧仮名遣いも初めての経験、やがて校正メンバーに入れていただき、一字の重み、季語の奥深さに魅入られて行きました。

その後何年もかけて、芭蕉のおくのほそ道を辿る旅に参加、芭蕉が歩いたその時期に合わせてその場所を吟行するのを繰り返し、吟行の奥深さを知りました。

それから何十年夢中で突っ走り、家族も「これは句材になるのでは」といつも協力してくれています。庭は雑然と句材だらけ、蛇も鼬もという有様。九十歳を迎え何とか拙い句を纏めてみたいと思い到りました。大橋一弘先生が丁寧にお目通し下さり、心の籠った序文を賜りまして私の宝となりました。

俳句の一からお教え下さいました、大橋敦子先生、晄先生、麻沙子先生、先輩の皆様、沢山の句友に恵まれましたこと本当に嬉しいです。

何年も何年もの逡巡を気長く見守り、上木の背を押して下さいました寺田敬子様、正確なチェックをして下さいました青木美佐子様には感謝の他ありません。

令和五年八月

山田夏子

著者略歴

山田夏子（やまだ・なつこ）本名　和子

昭和８年　香川県生れ
昭和54年　「雨月」入門
昭和61年　「雨月」同人、校正委員・俳人協会会員
平成４年　「雨月」新人賞受賞
平成28年　吹田市俳句連盟会長
令和４年　「雨月」編集長

現住所　〒565-0851
　　　　大阪府吹田市千里山西３-14-１

句集

愛《あい》を形《かたち》に

雨月叢書第百輯
発　行　令和五年九月三十日
著　者　山田夏子
発行者　姜　琪　東
発行所　株式会社　文學の森
〒一六九-〇〇七五
東京都新宿区高田馬場二-一-二　田島ビル八階
tel 03-5292-9188　fax 03-5292-9199
e-mail mori@bungak.com
ホームページ http://www.bungak.com
印刷・製本　有限会社青雲印刷

ISBN978-4-86737-150-3　C0092